GRANDEUR ET DÉCADENCE

DES GRISETTES

PAR

ALFRED DELVAU.

PARIS

A. DESLOGES, LIBRAIRE-ÉDITEUR, 39, rue Saint-André-des-Arts.

GRANDEUR ET DECADENCE

DES GRISETTES.

Paris. — Imprimerie d'A. René, rue de Seine, 32.

GRANDEUR ET DÉCADENCE

DES

GRISETTES

PAR

ALFRED DELVAU.

PARIS

A. DESLOGES, LIBRAIRE-ÉDITEUR,

RUE SAINT-ANDRÉ-DES-ARTS, 39.

1848

DÉDICACE.

Nos cœurs sont pleins de toi, sylphide de boutique,
Ange de magasin, boute-en-train d'atelier !
Qui portais à ton front un cachet poétique
Et n'eus point de faux ratelier !...

A notre oreille encor ta voix vibre, argentine !
Ta bouche mendiait à chaque heure un baiser
Qu'on lui donnait bien vite, et sans compter, mutine !
Quand notre lèvre osait oser !...

De la création, ô suave merveille !
Tu fis plus de croyants qu'un livre d'Ezéchiel...
Car, sur ton sein penché, dans une ardente veille,
Qui de nous n'a dû croire au ciel ?...

Ton existence fut d'orages traversée !
Tu faisais des amis de tes plus chers amants ;
Tu les trompas souvent, et de ton Odyssée
De Kock a tiré vingt romans !

Mais, hélas ! toute chose ici-bas a son terme !
Un jour tu nous quittas, emportant ton cabas,
Ta gaîté, ton esprit et ta vertu... si ferme !
Moins cependant que tes appas !...

Adieu donc ! adieu donc ! adorable grisette !
Toi qui fus l'ornement du bon quartierlati.
Tu vécus ce que vit ou rose ou cigarette :
L'espace trop court d'un matin !!!!.

Novembre 1847.

GRANDEUR ET DECADENCE

DES GRISETTES.

> « Il y aura donc toujours deux choses au monde qu'on ne comprendra jamais : l'Apocalypse et la femme.... »
>
> TH. GAUTIER.

Deux mots..... de quelques pages en guise d'introduction.

Pour la génération de maréchaux de lettres et de France, — de notaires et de barons de Wormspire, — de députés et de saltimbanques, d'artistes et de pharmaciens, — de médecins et de puffistes, de gentilshommes dorés par le procédé Ruolz et d'inventeurs de néo-clyso-drolatico-pompes ; pour cette génération qui pousse actuellement à l'ombre des tilleuls des quinconces et sous les plombs des dortoirs universitaires ; pour ces grands hommes et pour ces crétins en herbe qui mordent avec tant de plaisir leurs tartines de beurre, — et avec tant de désespoir leurs tartines de Virgile et d'Horace, — la grisette — du moins

l'adorable petit être que nos pères avaient baptisé de ce nom, — la grisette sera un être fossile, — antédiluvien, — un mythe, un canard du *Constitutionnel;* — une création fabuleuse comme les *ichtyosaurus*, les *mégalonix*, et autres bêtes aussi impossibles, aussi invraisemblables; — une chose aussi inexplicable qu'une page de Ballanche, aussi incroyable que la reception du chef des romantiques dans l'ossuaire classique du Luxembourg!

On évoquera peut-être devant ces collégiens — qui alors seront des hommes, — le souvenir et le nom de cette *chose*, à l'explication de laquelle les *Champollion-Figeac* et les *Cuvier* du moment perdront leur latin et leur grec — en supposant toutefois que dans

cinquante ans les vivants possèdent encore ces langues mortes!...

On consultera les vieillards et les savants... Les

uns — par respect pour un passé doux, tendre, radieux comme l'aurore d'un beau jour, ou la face d'un fonctionnaire *fraîchement décoré*, — les uns, les vieillards se tairont... Les autres, sans respect pour la tradition conservée, calomnieront la grisette — et ne diront d'elle — selon la louable habitude des savants — que ce qu'ils inventeront... hélas! On sait que les savants n'ont pas inventé la poudre, à moins que ce ne soit la poudre dentifrice ou la poudre à perruques... Perruques!...

Donc, — pour combler d'avance cette déplorable lacune qui se ferait sentir — très-indubitablement — dans l'histoire intime des Parisiennes au XIXe siècle; — pour éviter, aux investigateurs du siècle prochain, des recherches pénibles et infructueuses sur les grisettes; — pour dissiper les ténèbres ou les calomnies qui se feraient autour de cette existence auréolée et vagabonde, — j'ai pris mon courage et mon esprit à deux mains, et ma plume entre l'index et le pouce, — et j'ai tracé une espèce de monographie de la grisette — une histoire véridique — on peut m'en croire — romantique, comique, prophétique, mais peu catholique de cette femme qui tenait de l'ange et du démon, — de ce composé de fille du peuple et de grande dame dont le moule est brisé, dont le type primordial est effacé, — dont l'*édition princeps* — si je puis m'exprimer ainsi — est perdue à jamais, et enfouie avec la poésie, la gaîté, l'esprit, le dévouement qu'elle avait apportés en dot en entrant dans cette vallée de larmes et de journaux à bon marché... C'est maintenant une médaille fruste dont le revers se laisse malheureusement deviner...

Au risque de me faire arracher quelques cheveux, — ou de me voir traîné sur les bancs de la correctionnelle comme diffamateur — par des descendantes des Manons, des Fretillons et autres cotillons du XVIIIe siècle, — par des émules des Bernerettes, des Lisettes de celui-ci, — « Il en est jusqu'à deux que je pourrais nommer. » Je dirai que la grisette, la véritable grisette — est morte, bien morte, — et que dans cette ère des banquiers et des banquistes, des fripiers et des fripons, — à cette époque de positivisme, de mercantilisme et d'agiotage — où les hommes ont l'esprit enfoui sous les besoins du corps, — où la seule science est celle-ci :

> Ne rien savoir, — qu'emplir, — sans souci du devoir,
> Une charte de mots et d'écus un comptoir ;
> Rire du dévouement et des vertus voilées !
> Ne jamais regarder les voûtes étoilées...

que lorsqu'il s'agit d'une éclipse lunaire, solaire ou de notaire !

A notre époque — dis-je — la grisette est aussi impossible que le merle blanc, la salamandre, le phénix et la probité !...

On sera tenté de croire — bientôt — que cette création charmante de la nature, que ce produit indigène du sol parisien, — n'a dû la vie — vie éphémère, — qu'à l'imagination obscurcie et terne de quelque étudiant rêveur, — ou de quelque écrivain humoristique — en passe de s'égayer...

Cependant — si elle a disparu — si elle est rayée de nos mœurs — ce n'est pas une raison pour qu'elle n'ait pas existé... Et elle a existé — j'en appelle au cœur et au souvenir de ceux qui ont été jeunes et qui

ont suivi les cours de cancan de la chaumière, — de préférence aux cours de MM. Ducaurroy, Bravard, Troplong et autres savantissimes d'un talent chlorophormant— rimé très-riche d'un mot plus malhonnête.

De même que Cuvier reconstruisait un monde avec un débris de mastodonte, — je veux — avec un ruban, une fleur flétrie, une mèche de cheveux ou toute autre relique amoureuse, — je veux reconstruire l'histoire de la grisette, — cette créature du bon Dieu, qui ne possédait pour toute richesse que ses vingt ans, — sa gaîté, — et un amour immodéré de la galette du Gymnase!

Je dirai ce qu'elle fut; — ce qu'elle est; — ce qu'elle sera! —

Ce qu'elle fut — puisque hélas! — elle n'est plus!...

C'est d'une dixaine d'années, au plus, que date sa disparition, son éclipse totale, complète, de ce globe sublunaire!

Les chemins de fer l'ont tuée! son insouciance, ses allures indépendantes et joyeuses, sa foi dans la religion du cœur — dans l'amour — se sont envolées, sur les rail-ways, avec la fumée des locomotives! Elles ont émigré vers d'autres climats bénis de Dieu, — ces folâtres hirondelles qui portaient bonheur aux toits qui les abritaient! sont-elles allées visiter le ciel d'or de l'Italie? se mirer dans les eaux bleues de l'Adriatique? se perdre dans les quartiers aux balcons indiscrets de Venise la belle?... Ont-elles pris leur vol fatigué vers des régions plus lointaines, plus inexplorées, plus vierges, — pour reposer leur poitrine de femmes trompées — sur des poitrines candides et neuves d'hommes à tromper?

Je ne sais! Les savants sont muets comme des ignorants à cet égard.

Toujours est-il que la grisette n'est plus!

Sur ce, la toile se lève, — le premier acte de cette épopée — qui n'a pas encore eu et qui n'aura pas de chantre digne d'elle — le premier acte de cette tragi-comédie va commencer.

Ecoutez, peuple de France,
Peuple de Russie aussi !

Et maintenant vogue la galère !

PREMIÈRE PARTIE.

GRANDEUR DES GRISETTES.

Où je prends au hasard l'histoire d'une grisette, où je decris ses goûts, ses habitudes, ses mœurs, — le tout pour la plus grande édification de nos arrière-neveux.

Il y a quelques années, vivait à Paris, dans un frais réduit de la rue Saint-Jacques, — la rue classique des grisettes, une petite grisette, la dernière, hélas ! Une duchesse de Watteau, une marquise de Boucher, une grande dame de Vanloo en miniature et sous une robe en jaconas... Quelque chose de coquet, de délicat, de gentil, d'aimable, qui faisait épanouir le sourire aux lèvres et la joie au cœur.

Mignonnette avait dix-sept ans et une réputation de

sagesse qui s'étendait à dix mètres à la ronde — de la loge de sa portière à la boutique de l'épicier du

coin... Cette réputation n'avait pas le moindre accroc ; — sa robe d'innocence était immaculée... Il est vrai que les accrocs aux robes et aux réputations ne signifient pas grand'chose, — attendu que beaucoup de robes et de réputations qui n'en ont pas n'en sont pas meilleures, et *vice-versailles* !!...

Cependant, Mignonnette était ce qu'on est convenu

d'appeler *sage* — comme si la sagesse dépendait d'un moment de faiblesse...

Dans cette mansarde qu'elle habitait seule et qu'elle remplissait des refrains joyeux des chansons de Béranger,—refrains qui s'échappaient de ses lèvres roses en notes étincelantes ainsi qu'un collier de perles qui se détache; — dans cette mansarde qui avait abrité son enfance, ses vagues rêveries et la cage de son serin, — avait vécu sa mère, laborieuse et sévère matrone, qui souvent s'interrompait pour la regarder vivre, rire et chanter, elle, insoucieuse enfant, et qui pressentait déjà dans l'avenir les tourments et les séductions qui devaient assaillir sa frêle et blonde tête... car elle savait, la pauvre mère, que tôt ou tard, vierges et femmes — toutes passent sous les fourches caudines de l'amour dont elles épèlent le nom avant tous les autres; de l'amour, cette passion qui, « née avec notre mère Eve, ne finira qu'avec la dernière femme, et entrera toujours pour beaucoup dans les choses humaines... » — Où avait aussi vécu son petit frère

Qui traînait, pauvre enfant, sous son pied qui chancelle,
De vieux souliers trop grands noués d'une ficelle!

Et qui, sa mère morte, avait grandi dans une apathie funeste, avait cédé aux corruptrices influences des *voyous* ses camarades, et avait endossé la casaque de bohémien...

Les jeunes années de Mignonnette, — ce qu'on est encore convenu d'appeler les plus belles années de la vie, bien qu'elles ne soient pas couleur de rose... — au contraire... — la première jeunesse de Mignonnette s'était écoulée dans l'obscurité, mais aussi dans l'honnêteté, — dans le culte des sentiments affectueux et des mélodrames de feu Pixérécourt... Et grâce à cette protection maternelle que rien ne remplace, — pas même ceux qu'on appelle ironiquement des *protecteurs*, — grâce à sa mère, la jeune culottière avait traversé la misère sans en souffrir... La misère ! Trop souvent, hélas ! elle est l'instigatrice des mauvaises pensées qui précèdent la chute... Et quelquefois aussi c'est une épreuve dont une femme peut sortir sans y laisser sa... pudeur !...

En cela Mignonnette avait été plus heureuse que la plupart de ces filles du peuple que leurs parents aiment à la façon de *Barbarie* ou du proverbe latin : *Qui bene amat, bene castigat !* et qui reçoivent plus de calottes et de *roulées* que de bonbons et de caresses !...

En vérité, en vérité, je vous le dis, parents barbares et dénaturés, — les coups de trique et les coups de pied font les mauvaises filles et les enfants ingrats. Ils ouvrent une porte qui ne devrait jamais s'ouvrir : celle de la dissipation, du vice, de la débauche.

Mignonnette vivait donc orpheline sous l'œil de Dieu, loin du regard des hommes, — les monstres ! — dans sa petite mansarde des environs de la place Cambrai.... Sans soucis, sans chagrin et surtout sans chômage, elle avait toujours chez elle une provision compromettante de culottes...

Comme elle payait régulièrement son terme, —

qu'elle n'avait pas de petit chien, — elle était en odeur de sainteté auprès de Mme Pipelet et des commères d'icelle...

Le matin, avant l'aurore, dont — n'en déplaise à MM. les poëtes, — dont les doigts sont moins roses

que ne l'étaient ceux de Mignonnette, — elle se levait, — faisait ses ablutions quotidiennes, — et si l'occasion le voulait, faisait son petit blanchissage... Economie dont la princesse Nausica a la première, —

suivant Homère, — donné l'exemple... — Elle arrosait ensuite son pot de réséda et son plant de cobéas, donnait du *mouron* à son serin et jetait, en pensant à celui-ci, un regard sournois sur la fenêtre d'en face.

Le voisin, — qui était un grand jeune homme pâle, — cherchait à distinguer la rieuse et folâtre enfant derrière le rempart de fleurs et de feuilles qui s'était élevé sur sa fenêtre... Et, n'y pouvant parvenir qu'à moitié, il soupirait et parfois même se retirait, mécontent...

Mignonnette avait alors un petit sourire moqueur qui lui allait à merveille.

Elle faisait la forte alors! Elle oubliait, la pauvrette! — que si elle était invaincue, elle n'était pas invincible, et que l'heure de sa défaite était proche!

Un jour, — elle travaillait sagement et tranquillement — en chantant une de ces romances adaptées aux orgues barbares qui sont la musique du pauvre, lorsque tout à coup quelqu'un frappa à la cloison mitoyenne, et une voix, — masculine en diable, — cria : — « Ma voisine, je suis enfermé... Voulez-vous avoir la bonté de venir m'ouvrir ? »

Le premier moment de stupéfaction passé, Mignonnette se leva et alla ouvrir, — en tremblant et en hésitant un peu — néanmoins! Il semble que la femme ait un pressentiment qui l'avertisse de ce qui va lui arriver. La première pensée de Mignonnette avait été de ne pas bouger, de ne pas répondre à l'appel du voisin ; mais elle s'était dit que cela eût été malhonnête et inhumain, et comme il y a chez le sexe faible un fonds inépuisable de charité et de bonté pour le sexe fort, — elle alla ouvrir à Théobald qui n'avait agi ainsi, — le serpent, — que pour avoir un prétexte honnête pour faire des choses qui ne l'étaient point...

Théobald était un viveur, — un de ces hommes qui ont eu mille états et qui ne réussissent jamais à s'en créer un qui soit honorable et certain. Il avait fait ses *humanités*, — ce qui ne l'empêchait pas d'être très-cruel pour les femmes, — ses victimes. — Il s'était fait recevoir commissaire-priseur et avait été démis de ces fonctions là... Il était fort en thême et en amour. Il traitait le cœur féminin comme il avait traité au collége le latin de Virgile, c'est-à-dire très-librement, — témoin cette phrase : *Indè toro pater Æneas sic orsus ab alto !* — qu'il avait traduite par : « Le père Enée monté sur un taureau jouait de l'alto comme un ours !... Quand on traite Virgile aussi cavalièrement, on doit tout se permettre envers les femmes.

Théobald — qui entendait toujours chanter sa voisine et qui ne la voyait pas — avait imaginé de perforer la cloison qui séparait les deux chambres, ce qui lui avait procuré le plaisir d'assister — l'œil collé à ce trou — au petit lever et au petit coucher de sa voisine...

Aussi était-il entré bientôt dans la place, sous le fallacieux prétexte d'allumer sa bougie à la lampe de Mignonnette...

O jeunes filles, ne souffrez pas qu'on allume sa bougie à votre lampe — si vous ne voulez pas que votre cœur s'allume — par la même occasion !...

Le voisin pâle et blond d'en face regardait toujours à travers les cobéas qui obstruaient l'ouverture de la fenêtre de la culottière ; mais celle-ci ne faisait plus attention à lui...

En venant dans la chambre de Mignonnette vingt fois par jour, — en lui apportant tantôt une loge pour Bobino, — tantôt autre chose, Théobald devint intéressant ; il sut se rendre indispensable... et ma foi ! —

l'amour fit des *boutonnières* au cœur de la *culottière*...

« Marcher tout seul est ennuyeux
« On s'amuse quand on est deux ! »

A force d'entendre répéter cette maxime élastique par Théobald, Mignonnette, vertueuse — quoique culottière — sentit peu à peu se fondre ses petits scrupules, et elle s'accoutuma à écouter les paroles emmiellées et doucereuses de l'ex-commissaire-priseur! Et puis, comme tous ses pareils, il n'avait à la bouche que le mot de mariage — et ce mot-là est un puissant talisman apparemment, car toutes les jeunes filles lui cèdent, — après s'être bien défendues, je n'en doute pas!...

Oh! le mariage!!! Quel mot! Pour le beau sexe, c'est une espèce d'Amérique, de *Nouveau-Monde* qu'elles brûlent de découvrir, dont elles veulent se faire les *Christophe Colomb!*...

Hélas! depuis que le monde est monde, on a toujours pris les mouches avec du miel, les enfants avec des bonbons, les actionnaires avec des réclames, — les hommes avec des poignées de mains et les femmes avec des promesses de mariage...

Mignonnette accepta un matin, — un dimanche, — le bras de Théobald, qui la mena à Saint-Ouen. Là, il lui fit prendre, — le suborneur! — force barbillons frits et forces verres d'aï! L'aï, poison perfide, qui a tué — subitement — tant de vertus, — et des plus solides — et des moins ébréchables!...

Théobald n'était point un conscrit en matière d'amour. Il avait assisté à mille escarmouches de ce genre, — et il connaissait parfaitement le côté faible de la place. Il savait par quelle brèche on y doit entrer... Ces places là ne sont pas des places-fortes, — et se défendissent-elles — qu'elles seraient encore forcées de capituler.

Alors, ma foi! ils en arrivèrent, sur la fin du dîner — entre la poire et le fromage — au dernier chapitre du roman de l'amour...

Théobald sautait toujours les premières pages de ce livre-là — pour arriver plus vite au dénouement... le profane! Comme si les premières pages n'étaient pas les plus belles! Comme si *avant* ne valait pas cent fois *après* et même *pendant!...*

Mignonnette pouvait donc pleurer pour les mêmes motifs que *la fille de Jephté!...*

Au bout d'un mois elle était connue dans l'hôtel sous le nom de *mame* Théobald. Elle raccommodait les pantalons d'icelui! Car c'était — non devant l'*autel* — mais dans un *hôtel*... garni, — qu'ils s'étaient fiancés,... à la manière cophte; — un beau jour de printemps, — à la face du soleil!...

Le voisin pâle et blond d'en face avait cessé de regarder... Il avait tout compris, tout! le malheureux!!...

Cette union (voir la pièce de Léon Gozlan) dura ce que durent les amours d'ici bas: fort peu de temps!...

Théobald, en sa qualité d'ex-commissaire-priseur, méprisait souverainement le mariage — quoiqu'il fût marié... Mignonnette avait cru jusque-là que le jour de la *légitimation* de son union illégitime arriverait! Elle s'était bercée — et le monstre de Théobald l'avait bercée — dans cette fallacieuse espérance — protocole obligé des déclarations d'amour! son amant lui avait promis qu'il l'épouserait, et elle s'était flattée — l'orgueilleuse! — qu'il tiendrait sa promesse!...

Mais hélas! si les flots sont trompeurs, les hommes le sont davantage. Mignonnette en fit la dure expérience!

Pourtant — il faut être juste. Outre que Théobald ne voulait pas tenir cette promesse, il ne le pouvait raisonnablement pas, — puisqu'il était déjà marié.

Donc, sous peine d'être bigame, il dut lui avouer la chose — qu'elle prit fort mal... Aussi, jugea-t-il à propos de prendre son chapeau, puis la diligence qui le conduisit loin de sa maîtresse...

Celle-ci pleura, — elle pleura même beaucoup. Elle versa des torrents de larmes, — un déluge de pleurs ; en somme, presque autant d'eau que M. le vicomte de Botherel en met dans son *bordeaux* et dans son *mâcon !*... La veine lacrymale des femmes est un réservoir toujours plein. Aussi ne doit-on pas s'étonner de la facilité avec laquelle elles versent des larmes. Elles peuvent les prodiguer : elles sont sûres de n'en jamais manquer... La source en est inépuisable... Dieu y a abondamment pourvu... Et nous l'en devons féliciter — car les larmes rendent une femme plus intéressante !

« Une belle, alors qu'elle est en larmes,
« En est plus belle de moitié ! »

C'est le *bonhomme* qui a dit cela !...

DEUXIÈME PARTIE.

DÉCADENCE DE LA GRANDEUR.

Où je raconte les faits et gestes de Mignonnette, et où mon pudique visage de narrateur commence à se purpuriner.

A l'instar de feu Calypso, — Mignonnette ne pouvait se consoler du départ de son Ulysse... sa petite chambrette ne retentissait plus de ses joyeux fredons ni de ses francs éclats de rire!

Ce n'est pas qu'elle manquât de consolations et de consolateurs! Oh! non... Les amis de Théobald, aussitôt son départ, s'étaient abattus comme des oiseaux de proie, pour faire la leur de la gentille maîtresse de leur ami!

Mais vertueuse encore, quoique culottière, je me plais à le répéter, — Mignonnette les f.. lanquait tous à la porte, — comme de vils paltoquets...

Cependant elle ne possédait plus un seul sou, — même de la principauté de Monaco, — de la somme que Théobald avait eu la délicate idée de lui laisser en partant. Car il savait qu'en fait de consolation, — le *vil métal* est encore ce qu'il y a de mieux!

Mais son amant ne revenait pas! Elle n'en *revenait* pas...

« Un mois passé! de lui point de nouvelles! »

De dépit, elle s'en arracha... trois cheveux!

Un soir, une grisette de ses amies vint la voir et la trouva triste comme un mélodrame de M. Anicet

Bourgeois! Pour la distraire elle l'emmena à la Chartreuse.

Les femmes perdent les femmes!

Mignonnette alla donc au bal, — mais à son *corps* défendant... Elle disait avoir mal aux pieds et ne pouvoir danser... Son amie, — elle, — se livra à un cancan échevelé...

En se promenant sous les bosquets, elle aperçut

ce monstre de Théobald, ayant à son bras une femme qu'il tutoyait! et qui par contre le tutoyait...

2

C'était une trahison — trahison infâme ! !!!!! Elle le comprit ainsi, et — s'approchant du couple détesté, elle saisit le moment où son perfide embrassait sa rivale, pour les gratifier l'un et l'autre de deux superbes *giroflées à cinq feuilles...*

Il y eut bruit, tumulte, scandale ! La morale publique — représentée par un tricorne et un nez culotté, — voulut s'en mêler, — mais les danseuses, qui avaient pris fait et cause pour Mignonnette, — les danseuses s'opposèrent de toutes leurs forces et de toutes leurs voix réunies, à ce que la susdite morale publique s'emparât de la malheureuse amante, — et toutes proférèrent des imprécations assez... décolletées contre ces pendards d'hommes qui se font un jeu de l'honneur et de l'innocence des pauvres filles!!!

Les danseurs n'eurent pas un grand succès, — ce soir-là, — malgré les échaudés, les glaces et la bière dont ils inondèrent leurs danseuses! Plusieurs même, — ce que c'est que l'exemple ! plusieurs même reçurent des soufflets!

Théobald avait le sien sur la joue et sur le cœur !... Il disparut, — laissant là sa maîtresse du jour et celle de la veille !

Mignonnette resta *veuve !*

Le *veuvage* pèse toujours à la femme et surtout à la grisette... Il lui faut un bras masculin pour l'aider à descendre le fleuve de la vie et le ruisseau de la rue Saint-Jacques...

Le rôle de la grisette — sur la terre — est de partager les joies et les douleurs de l'étudiant — ainsi que ses dîners et ses trimestres... De se faire sa fée bienfaisante, — et de faire son café plus bienfaisant encore!...

Mignonnette, ayant quelque peu goûté de la communauté des sentiments et des biens, — des biens surtout, — suivit l'exemple que lui donnaient ses amies — les grisettes à chevrons de son hôtel — et elle écouta la ***blague*** d'amour que lui conta un ***poëtique*** jeune homme qui n'était pas étudiant — mais rapin de la plus belle venue, et de plus, élève de Gigoux — que ses élèves appellent facétieusement *Gigot*... Ce jeune *Paul* qui cherchait une *Virginie* — *peignit* si bien sa passion, — que bien qu'elle se doutât de la *couleur* Mignonnette l'écouta...

M. Paul était un jeune homme byronien, bien rêveur, bien doux, bien timide, — qui ne demandait que de l'amour et qui reçut des *claques*... Car Mignonnette avait décidément adopté ce geste familier qui servait à rendre plus *frappante* la péroraison de tous ses discours...

Paul l'avait installée dans sa chambre de rapin, qu'il avait meublée avec goût, et, pendant deux mois, durant les chaleurs de la canicule, ils filèrent, — dans cette oasis parquetée — ce qu'on est convenu de nommer le *parfait amour*... Comme s'il y avait, — en ce monde infirme, — quelque chose de parfait, à part la bêtise !...

Mais diversité était devenue la devise ordinaire de notre frétillon !... L'inconstance sa loi...

« Nature n'est jamais si sotte
Qu'elle fasse naistre marotte
Tant seulement pour Rabichon,
Ne Rabichon pour Louison !
Ains nous a faits, beau fils n'en douttes,
Toutes pour tous et tous pour toutes !... »

. . . .

La femme absurde est celle qui ne change jamais !... Est-ce qu'on peut toujours porter la même robe et supporter le même amant?... Il faut les quitter tous les deux avant qu'ils ne vous quittent... Et d'ailleurs — tout s'use, — surtout lorsqu'on en abuse... Les étoffes et les passions... — mais celles-ci plus vite que les autres... —

Mignonnette avait rencontré — dans l'escalier — un grand blond à moustaches, un fat, répondant au nom d'*Alfred*; et elle avait résolu de *se le payer*... à quoi le grand Alfred ne se refusa nullement, — attendu qu'il pensait avec le poëte :

je vois qu'on me rit c'est là que je m'avance! »

Un jour — il faisait nuit — Paul rentrait dans son domicile pseudo-conjugal, lorsqu'en regardant, — de la rue, — les fenêtres de sa douce amie, il fut frappé *des flots de lumière* — (style Lefranc de Pompignan —) qui en sortaient! Cet éclairage inhabituel le surprit et le chagrina même, — non pas qu'il fût un ennemi des lumières, — mais parce qu'il n'en pouvait comprendre la cause!... Or, tout ce qu'on ne comprend pas — choque!

Un moment, notre bénévole Paul supposa que Mignonnette donnait une soirée, — un raout, — aux Polonais ou aux hommes de lettres malheureux ou méconnus du quartier. Il la savait très-bonne, très-généreuse, très-prodigue — de l'argent de ses amants! Et cette supposition était assez raisonnable. Cependant il la rejeta bientôt comme inadmissible — et pour une excellente raison: c'est qu'une chambre, — fût-ce même la Chambre des Députés, — ne pourrait contenir tous les hommes de lettres malheureux et peu dignes de l'être — avec ou sans calembourg! Et puis il se rappela que le matin, Mignonnette avait prétexté une migraine assez inquiétante — pour lui!

Oh! la migraine! méfiez-vous de la migraine! amants et maris! La migraine précède toujours une trahison! La migraine menace toujours *la tête!...* Paul monta précipitamment, ouvrit la porte et se trouva dans une chambre, — la sienne, — mais dans laquelle — au lieu de meubles, — se trouvaient trois jeunes gens, fumant gravement autour d'une table, éclairée d'une manière splendide, — et on peut le dire, surabondante!

Il paraît que le pauvre amoureux avait l'air trèsdrôle. Car les trois fumeurs partirent d'un rire homérique.

— Comment se fait-il, Messieurs, — leur dit-il, — que vous soyez ici, dans ma chambre, et que mes meubles n'y soient pas?...

Le plus fûté des fumeurs lui répondit en lui lançant un nuage de fumée :

— Monsieur, cela est bien simple... mademoiselle Mignonnette a déménagé à midi... comme nous avons loué cette chambre, nous avons pris la liberté grande de nous y installer... Le trouvez-vous mauvais?

Cette explication était fort naturelle. Paul, forcé de s'en contenter, s'en alla, l'oreille basse, la mine contrite,

« Honteux comme un renard qu'une poule aurait pris. »

En emportant dans son âme le regret d'avoir été joué, — et dans ses mains une paire de bottes vernies que

son infidèle avait eu la délicatesse de laisser dans un coin.

Le pauvre garçon n'apprit que longtemps après de quelle façon supérieure il avait été joué, conspué, trahi!... Mignonnette avait poussé le machiavélisme jusqu'à se réfugier dans la maison, au quatrième, chez M. Alfred, étudiant, — d'y transporter les meubles, et surtout — ô impudeur! — et surtout la couchette de Paul... Puis, tous deux, — sachant que ce dernier reviendrait le soir, et voulant se procurer le divertissement de sa surprise, — tous deux avaient convoqué trois fumeurs, et les avaient installés — avec un éclairage monstre — dans la chambre vide! C'était le sublime du genre!

Mais Paul, le rapin, avait l'âme inaccessible aux mesquines inspirations de la vengeance! seulement, pour que l'affaire ne s'ébruitât pas et ne tournât de nouveau à sa confusion, — il fit réclamer de Mignonnette un silence absolu — et les deux matelas qu'elle lui avait soustraits!...

Du reste, il dut être satisfait, — car Mignonnette — qui éprouvait un besoin très-vif de locomotion et de déplacement, — Mignonnette, à quelque temps de là, — brûla la politesse au nouvel élu de son cœur, — au cher Alfred, et — par une belle soirée de décembre, elle partit comme une ombre, sans dire : je reviendrai! en emportant le souvenir de ses joies passées et deux magnifiques paires de draps...

Cette femme devait nécessairement être petite-fille de madame Dandin, qui, on le sait,

> Plutôt que de rentrer au logis les mains nettes,
> Aurait du buvetier emporté les serviettes!

§

Où je hasarde quelques jérémiades et quelques réflexions sur ce qui précède.

Voilà la première, la belle, la grande, la délicieuse, la regrettable époque de la grisette parisienne, — ce petit être charmant, gracieux, mignon, réjouissant à voir et à entendre. La grisette! cette ravissante créature du bon Dieu, — vive, accorte, sémillante, gazouillante et caquettante, qui naissait et mourait sans éclat, sans faste, sans fla-fla, à l'ombre, modestement, honnêtement — ou à peu près!...

Elle vivait alors du travail de ses doigts laborieux et agiles....

Elle aimait une fois, deux fois, trois fois... Elle aimait un peu — beaucoup — passionnément — ou pas du tout, — selon son goût, sa fantaisie, son tempérament. Elle aimait... le plus longtemps possible... noblement au moins, et sans exiger de salaire!

Elle était trompée souvent, — elle trompait quelquefois!... La trahison est le sel attique de l'amour — le condiment obligé des liaisons intimes. Sans la trahison — la vie à deux serait une chose fade...!

On la trompait — et sans connaître aucune espèce d'*Ecriture* — écriture *sainte* ou écriture vulgaire — elle appliquait avec plaisir la peine du talion.

Compagne inévitable de l'étudiant en droit ou en médecine, — du jurisconsulte ou du carabin; — conjointe temporaire des *Cujas*, des *Barthole*, des *Larrey*, des *Orfila* en herbe et en béret, — la grisette partageait leur bonne comme leur mauvaise fortune. Elle était triste — de leur tristesse, — gaie — de leur bonheur! Un rien suffisait au sien.... un tartan ou une robe d'indienne! ou une partie de spectacle, — soit au *boulevard du crime*, — soit aux Champs-Elysées, au théâtre Guignol...

Mais ces futurs grands hommes, — médecins ou charlatans, — avocats ou diplomates, — ne sont pas destinés à honorer de leur présence la bonne ville de Paris, — ni l'*estaminet hollandais* de leurs pièces de *cinque* francs!... Au bout de quelques années, — et grâce à pas mal de boules blanches, — ces rois du carambolage s'en retournent dans leur ville natale, — qui à Carpentras, — qui à Quimper-Corentin, — qui à Brives-la-Gaillarde; — les uns — pour faire des veuves et des orphelins — à l'aide du bistouri et de la diète; — les autres pour se faire les défenseurs — à *quinze francs* — de ces veuves et de ces orphelins...

Tout naturellement alors la grisette changeait d'amours, et de nouveaux noms s'inscrivaient aux pages de son cœur d'hôpital... L'étudiant qui partait la consolait — de son mieux — et la léguait — avec sa pipe culottée — à l'étudiant qui arrivait, — et recommandait à ce dernier d'avoir toutes sortes de soins et d'égards pour... sa pipe...

Ainsi délaissée, — ou plutôt ainsi *laissée*, — la grisette se consolait, et quelquefois aussi allumait un réchaud de charbon — et s'asphixiait...

Hélas! que j'en ai vu *se périr* de grisettes!

Mais dans ce bon temps que nous regrettons tous à cette heure! mais dans l'âge d'or du quartier latin, — à l'époque fortunée de la vogue de Paul de Kock et des socques en bois! Je parle de longtemps.

Parfois, — égrappant mes souvenirs, — j'évoque le tumultueux essaim de ces fraîches et folâtres enfants qui vivaient au jour la journée, — sans nul souci du présent, sans nulle inquiétude sur l'avenir; — qui acceptaient — *sans façon* — l'offre d'un déjeûner.

froid et d'un cœur brûlant, — et offraient à l'homme de leur choix, — au plus timide ou au plus hardi, — la moitié de leur étroite couchette et de leur cœur si large, — mais si naïf, si primitif, si *bonnasse* encore !

Je les vois passer et papilloter devant mes yeux ravis, — les unes sérieusement bouffonnes, — les autres plaisamment graves ; — mes oreilles enchantées tintent encore du concert de leurs voix argentines — si railleuses et si tendres, — qui m'envoient un couplet de Béranger ou une strophe d'Elisa Mercœur, — la Sapho de la Loire ! — car les grisettes d'autrefois avaient l'instinct poétique, l'instinct des chaleureuses et grandes choses ! Elles savaient deviner les poëtes dont le talent mûrissait déjà sous leurs regards, et dont l'inspiration venait de leurs adorables sourires ! Elles ont montré du doigt, à plus d'un d'entre nos écrivains, la route à choisir !...

Oui, elles avaient l'instinct poétique ! Elles inspiraient des vers, et — mieux encore — elles en faisaient ! Par exemple, — ces poëtes improvisés, — qui tachaient volontairement d'encre leurs jolis petits doigts formés par — et pour — les amours, — ces poëtes féminins affectionnaient les *enjambements*... par goût, et sans doute aussi par *esprit de corps*...

Et il est bon de remarquer — en passant — que les poësies de ces nouvelles Sapho, — bien loin d'être maniérées et efféminées, — bien loin d'être élégiaques et tendres, — comme on serait en droit de s'y attendre, — étaient, au contraire, nerveuses et souples comme un jarret d'Espagnole ! On aurait cru ces jeunes muses nourries à l'école nerveuse et scepti que d'Alfred de Musset !

Je n'en veux donner — pour preuve — que les fragments suivants, improvisés par une grisette recueillis par un de ses... amis...

I

C'est une chose sainte et digne, je le veux,
Que cette comédie à deux — que les gens d'âge —
A qui la raison vient quand s'en vont leurs cheveux —
Décorent gravement du nom de mariage,
En disant que pour nous c'est la plus belle page
Du livre de la vie où s'épanchent nos vœux !

II

Pardieu ! ces braves gens ignorent leur histoire,
Ils prêchent l'union, l'affection, la paix, —
Trois vertus dont l'absence en ménage est notoire
Et qu'on devrait couvrir d'un voile très-épais !
Sachant que ces vertus n'existèrent jamais,
Ils en parlent ! pourtant, ils n'y peuvent pas croire.

III

Car, par un argument *ad hominem*, ces fous,
Dont l'âme est sans chaleur et le lit sans compagne,
Seraient en droit de dire : Ah ! le poison est doux,
La ciguë est potable autant que le champagne,
Auprès de ce martyre infini qu'accompagne
Le sort de Sganarelle..., Être seigneur des *coux!*

. . . .

Les grisettes ont toutes laissé de tendres et charmantes traces de leur trop courte apparition sur la terre!... Nos pères se souviennent d'elles, et leurs coquettes figures font quelquefois grimacer de joie leurs visages rabougris... Des poëtes les ont chantées... Elles en ont immortalisé plus d'un!... Plus d'un leur doit sa gloire, sa renommée, sa fortune!... Il y avait tant de grâce, tant de gentillesse répandues sur ce portrait, sur cette image du bonheur!...

Et pourtant....

Hélas! toutes aiment trop le bal, et le bal les a

tuées... Mais aussi, là, franchement, que vouliez-vous qu'elles fissent après six longs, si mortels jours de travail, — quand elles travaillaient? Il fallait bien qu'elles allassent danser, se trémousser, pincer un rigodon... et elles s'en donnaient à cœur joie, à jambes que veux-tu!...

Leur danse pittoresque et si pleine d'élasticité voluptueuse avait un chic qui ne blessait en rien la susceptibilité des tricornes et des *cipaux*... (lisez sergents de ville et municipaux).

C'était alors seulement que, selon l'expression du

bon Lafontaine, — une grisette était un trésor! On en venait aisément à bout... on lui disait ce qu'on voulait, — souvent même on ne lui disait rien du tout. Est-ce que les femmes en général et les grisettes en particulier ne possèdent pas le don de double vue? D'ailleurs il ne faut pas être bien délurée pour deviner ce qu'un homme va vous dire. Depuis cinq mille ans, le sexe fort adresse au sexe faible la même prière, — prière *naturelle* s'il en fut jamais, et qui est le plus souvent exaucée, au rebours de celles que l'on adresse au ciel...

Voilà ce qu'était, voilà ce que fût la grisette!

Ah! jeunes collégiens timides qui sortez de vôtre coquille avec un système tout fait sur les femmes, et qui cependant, en présence d'un tendron sur le retour, d'une femme selon M. de Balzac, — n'osez pas oser! vous êtes à plaindre de n'avoir pas connu la grisette! Vous sauriez ce qu'elle fût!

Ce quelle fût!... Ah! c'est la plus belle page d'un roman plein de fraîcheur, de charme, de volupté et de poësie! C'est une page écrite à deux, — dans les champs, à l'ombre d'un bosquet de chèvrefeuilles, sur un tapis de campanelles, de boutons d'or, de liserons rouge et de mousse... à la face du ciel bleu! avec le joyeux gazouillement des bergeronnettes pour accompagnement!

Cette page, que ceux qui ont aimé relisent, afin de ne pas désaprendre l'amour et son langage divin, — il faut la déchirer de l'histoire de la grisette, cette adorable fille qui riait en pleurant et pleurait en riant, — et dont le minois chiffonné et accoquinant a

lutiné plus d'un cœur masculin, — caressé les rêves d'or de plus d'un adolescent timide ! — Il faut la déchirer cette page — luxuriante comme la nature un jour de printemps, — mais sur laquelle rejaillissent quelques taches de la boue et de l'impureté qui couvrent les chapitres suivants !

Car, dussé-je être fastidieux, je le répéterai : la grisette n'est plus !

Cet oracle est plus sûr que celui de Calchas?

Frétillon est morte. J'ai assisté à son convoi, service et enterrement.

Quand j'en aurai le temps je ferai une élégie on une complainte sur les étoiles filantes, — et je n'oublierai pas la grisette...

TROISIÈME PARTIE.

DÉCADENCE DES GRISETTES.

Où j'entreprends un voyage d'outre Seine — pour faire faire aux lecteurs — si j'en ai — la connaissance d'une femme qui en a beaucoup!

Mignonnette avait été — *bonne fille!* — Sauf exception, elle n'avait eu qu'une robe et qu'un amant à la fois! Elle était restée fidèle à ce bon quartier latin, à cette bonne rue Saint-Jacques, — et aux *piocheurs* d'icelui et d'icelle... Toutes ses affections s'étaient jusque-là concentrées sur son *lou-lou*, son *chéri*, son gros *chat*, — sur le *flan*, — sur son parapluie... Elle n'avait jamais porté que ce coquet bonnet de tulle ou de linge, qui lui allait si divinement! Elle s'était servie des socques articulés dans le mauvais temps,— des souliers de prunelle — par un beau soleil. Vous savez? ces petits souliers qui laissaient voir le bas d'une jambe fine — recouverte d'un bas bien tiré, blanc surtout... Et quand on voit le pied la jambe se devine.

Sa seule ambition, — ambition bien légitime, mon Dieu ! — avait été d'avoir une fois par semaine — un morceau de galette du Gymnase et une avant-scène à Bobino ! Une fois par mois un déjeuner chez ***Flico-***

teaux, — dont les manières étaient si douces et les beefteaks si durs, — mais si durs! que les rateliers osanores ***Fattet*** ou ***Rogers*** s'y fussent brisés à les vouloir briser!..... Et à ce déjeuner — festin de Baltazar dont elle gardait pendant trente jours la mémoire et une indigestion, — ne manquaient ni les truffes, ni la salade de homards, ni le champagne! Son rêve quotidien était pour le *dies domini* une cavalcade sur des *purs sang* de Montmorency — qu'elle

prononçait *Momorency.* — C'était encore une promenade en canot dans la rade d'Asnières, — ou bien une pérégrination joyeuse dans les bois de Meudon, de Verrière, d'Aulnay ou de Vincennes — qui n'offrent plus aujourd'hui, comme autrefois, — grâce aux coupes sombres — un asile impénétrable aux couples amoureux! On vous a vilainement émondé ces jolis nids où gazouillaient les amants et les fauvettes!

Ces ombrages — pleins de frémissements — qui avaient reçu de si charmantes confidences, — qui avaient recueilli tant de propos mystérieux et doux, — ces ombrages ont disparu — de par le roi, la loi et la justice... Comme si le roi, la loi et la justice avaient besoin de s'occuper de ces choses adorables auxquels ils n'entendent rien, — on le voit trop!...

Mais cette poétique existence l'avait lassée, — disons le mot dans son incongruité — *embêtée!*

Elle n'accepta pas assez philosophiquement le sort débineux que lui envoyait le destin... Elle regimba contre sa mauvaise fortune, et alors commença pour elle une odyssée — mêlée de *hauts* et de *bas*, — que l'exiguité de ce volume ne me permet pas de raconter toute entière.

Elle fut encore — quelque temps — une grisette, mais une grisette-*marron!* — Elle qui les aimait tant... les marrons! Et le cidre donc! c'est parbleu vrai; j'oubliais le cidre et les marrons dans la nomenclature de ses félicités!... J'oubliais aussi les *polytechniques* qu'elle honorait d'une affection toute particulière. La grisette raffolait de l'habit militaire. La *carabine* adorait les *carabiniers* et les hussards!...

Son existence indécise, flottante, vague, indéterminée, — participa de ce qu'on nomme la *Bohême!*...

Elle perdit peu à peu toutes ses précieuses qualités de bonne fille qui l'avaient fait chérir, et, en revan-

che, — elle gagna des défauts qui frisaient quelque peu les vices!...

On l'avait trompée : elle résolut de tromper à son tour.

. . . . La vengeance
Est le plaisir des dieux et le bonheur des femmes

Au lieu de se *périr* bêtement comme une novice qui ne connaît rien des ficelles de ce bas-monde ; —

au lieu d'imiter Sophie Ruffay qui avait eu la niaiserie de croire aux chaleureuses promesses de Mirabeau, et qui s'était tuée, — Mignonnette vécut! Seulement, — comme la sensibilité pouvait gêner ses mouvements dans la nouvelle carrière où elle se lançait, — elle s'en débarrassa, comme d'un vêtement incommode, — et à la place du cœur se mit un caillou — comme Lovelace!...

Elle était belle, — elle eut des admirateurs! Mais elle eut le bon goût de n'accepter que l'admiration qui se formulait, non pas en paroles, mais en billets de la Banque!... Elle était inondée de madrigaux, de sonnets, qu'inventaient pour elle des courtisans — qui tenaient beaucoup à ce qu'elle fût courtisanne; — mais au lieu de cette pluie de bouquets à la Dorat, elle préférait la pluie d'or de nos financiers, hommes peu poétiques, mais extrêmement riches, ce qui fait compensation...

Toujours inconstante dans ses goûts et dans ses habitudes,

Au sanctuaire où la femme se livre
Trop d'appelés par elle étaient élus!
. . . .

Elle eut des amants, beaucoup d'amants!

Quand on prend des amants, on n'en saurait trop prendre.

Tantôt Pierre, tantôt Paul, tantôt Henri, tantôt Arthur!... Son cœur... était si grand, que toutes ces amours fugitives s'y noyaient!

Elle fréquentait assidument les bals champêtres l'été, — les bals masqués l'hiver, — et partout elle trônait en reine, — partout elle marchait triomphalement avec un cortége d'adorateurs jeunes et vieux, laids et beaux! Et quelquefois, hélas! sous le char de cette idole de chair, — quelques victimes de l'amour se jetaient et y trouvaient la mort, — comme autrefois d'autres victimes sous le char de l'idole des Hindous!

Par sa désinvolture, par sa *furia francese*, elle effaçait les beautés les plus piquantes... de loin!... les lionnes les plus délirantes, les écuyères les plus courues du Ranelagh, de Mabille, de la Chaumière, du Château-Rouge, du Prado, etc.

Mignonnette passait dans un nouveau monde; — elle se faisait un nouveau code de morale; elle revêtissait un nouveau costume; elle prenait de nouvelles allures! — Et ce changement physique, cette transformation morale — qui ne s'étaient accomplis qu'à la longue, croyez-le bien, — n'étaient guère à son avantage!

Elle faisait fi de ses compagnes et de leur toilette mesquine! — Elle ne portait plus que du velours et des dentelles; — des chapeaux de paille d'Italie et des bottines vernies.... Elle s'était métamorphosée en *lorette*, en *boule-rouge*, que sais-je encore?

Elle promenait insolemment ses parures et sa honte, partout! Elle allait au bois dans son brougham! Elle montait à cheval et courait les *steeple-chase*...

Elle engageait des paris à la croix de Berny et au

Champ-de-Mars ! Elle parlait à merveille le langage du turf, celui de nos sportsmen ; elle jouait à la

Bourse et connaissait — mieux qu'un agent de change — la hausse ou la baisse, et la conversion de la rente 3 pour 100 !... Elle passait ses nuits à la maison dorée, se grisait avec du Porto, et ne recevait dans son boudoir que l'élite de la fashion parisienne : des feuilletonistes et des fils de marchands de bois!...

Enfin c'était un pont d'Avignon !...

. . . .

Elle connaissait à fond son catéchisme, qui diffèrait essentiellement de l'autre, — mais qui, cependant, — comme ce dernier, — faisait mention des sept péché capitaux...

Pour un baba, elle vous donnait son adresse...

Pour un déjeuner, elle vous donnait son cœur...

Pour un souper, elle vous donnait son... cœur...

Et autre chose itout
Que je n'ose vous dire
Et autre chose itout
L'on ne peut dire tout...

A qui cherche un souper tout paraît légitime !

Ainsi vivent les *boules-rouges*, — ou du moins les aspirantes boules-rouges...

Ces demoiselles nous semblent faire un abus de certaines paroles d'une comédienne célèbre, et — sous prétexte que *cela leur fait très-peu de mal et à nous beaucoup de plaisir*, — sous prétexte qu'une fois qu'elles ont goûté de ce pain-là, elles ne peuvent plus s'en passer, — elles en font une consommation indigeste...

On pardonne à moitié le libertinage, lorsqu'il a son excuse dans l'ardeur des sens, mais non point lorsqu'il prend sa source dans un méprisable calcul...

Les grisettes les plus froides sont passionnées aujourd'hui...

Les grisettes jolies et attrayantes, passe encore !

Mais les grisettes laides! Pourtant le ciel, — afin de les sauver, — a mis leur âme en sûreté dans leur corps!

Foin de cela! Elles trouvent encore des dupes et des oiseaux... des Canaries, à plumer, et chaque plume — tirée de l'aile — se métamorphose en or ou en billets signés *Garat*...

Parlez aujourd'hui à ces dames des plaisirs qu'elles partageaient autrefois; demandez-leur si elles se souviennent de ces beaux jours où l'on se couchait sans manger, avec un joyeux sourire pourtant; — où l'on mettait montres et bijoux chez la *tante* à 4 pour 100, pour aller folâtrer à Saint-Cloud — ou boire du lait chaud au moulin de la Galette !

— Chimère ! niaiserie! diront-elles. Il est loin, ce temps où une chaumière et un cœur d'homme nous suffisaient !... Une chaumière ! Ah ! fi !...

Il nous faut autre chose de plus positif...

Folles ! folles vous êtes !... Vous courez, vous courez... Courez toujours, — puisque les cris et les avertissements ne vous arrêtent pas ! — Courez toujours sur ce tapis émaillé de fleurs et de promesses de mariage ! Courez, le pied vous manquera !

Et ce bonheur, qui — maintenant — n'est pour vous qu'une chimère, qu'un mirage décevant, qu'une orange desséchée que vos lèvres altérées pressent en vain, — ce bonheur vous était offert, et vous l'avez repoussé — du pied, — comme on fait d'un vieux soulier !

C'était un petit intérieur calme, simple, naïf, — éclairé par un rayon de soleil, — animé par un rayon d'amour, — où l'on pouvait dire de vous ce que dit un poëte :

> On sent, rien qu'à la voir, sa dignité profonde,
> De ce cœur sans limon nul vent n'a troublé l'onde ;
> Ce tendre oiseau qui jase ignore l'oiseleur !

C'était quelque chose de paisible, de chaste, de serein comme un sourire de vierge ! — C'était le bonheur, enfin ! Et vous l'avez dédaigneusement repoussé ! Et phalènes avides de lumières, d'éclat, de bruyantes joies et de plaisirs ostensibles, vous avez brûlé vos ailes à la flamme ardente de la corruption ! Et vos ailes tombées, — comme celles des fourmis, — vous avez dû pleurer sur votre virginité mourante, sur votre pudeur morte !

Oh ! dites-moi, — ne valait-il pas mieux rester fille du peuple, — ignorante et modeste, — que de vous faire la vassale complaisante des gentilshommes riders et débauchés et des bourgeois riches ?

Ne valait-il pas mieux, — abeille industrieuse, — travailler dans une petite chambre poétique et parfumée, — sous une robe d'indienne, — avec un simple mouchoir noué pudiquement sur votre sein blanc, — que de vous affubler d'ornements, d'oripeaux, de parures et de honte, — et de reposer vos membres paresseux sur un moëlleux divan, sous le regard d'un despote qui vous prend brutalement vos baisers, —

ces fleurs charmantes de l'âme, — et qui en échange vous jette, plus brutalement encore, quelques pièces d'or ou quelques billets de banque?... Mais vous ne l'avez pas voulu !

La grisette n'est plus — depuis longtemps — la grisette... Ce n'est plus la lorette ! Ce n'est plus la magdeleine, ni la *duchesse,* ni la *lionne*... C'est la ***Boule-***

Rouge! A proprement parler — *proprement* n'est guère le mot — c'est tout ce qu'on voudra, excepté pourtant une femme honnête...

La boule-rouge a planté sa tente sur les hauteurs de Breda-Street, — établi son quartier-général dans ces parages voisins de Notre-Dame-des-Lorettes, où l'hospitalité ne se donne pas à la façon écossaise, —

car elle se vend — à tant la nuit! Le bonheur a ses tarifs, — les baisers leur valeur monétaire, — les sourires leur prix-fixe... Les affaires ne se font là qu'au comptant, sans escompte... Cependant il y a des jours où cette denrée amoureuse a sa hausse et sa baisse — comme de simples actions de chemin de fer! Ce qui valait mille louis hier, — ne vaut plus que cent écus aujourd'hui; et demain peut-être ne vaudra plus que cent sous!...

Que voulez-vous? Mieux que personne—les boules-rouges savent qu'on ne vit pas de *l'air du temps*, et encore moins d'amour et d'eau fraiche! Or, comme elles tiennent à vivre, à se nourrir d'aliments substantiels, — et qu'il ne leur arrive pas tous les jours des soupers fins et des cachemires, — elles poussent la condescendance jusqu'à accepter le cœur et le *napoléon* d'un commis de nouveautés ou d'un jeune homme de lettres... Sans doute elles dérogent! Leur blason — qui porte en sautoir une sacoche pleine et un cœur vide, — leur blason en souffre; c'est vrai. — Mais elles sont devenues *gentilles-femmes* dans la compagnie des gentilshommes, — et elles se rappellent que *noblesse oblige*... Elles aiment beaucoup à obliger, — cela rapporte.

Pour tout carquois une large escarcelle
En ce pays le dieu d'amour se sert!

Nonobstant, leurs jours sont tissés d'or et de soie. Elles mènent une existence parfumée, douce, charmante, — remplie de fêtes et de défaites... Elles ne comptent pas plus ces dernières que les premières... *Vivre en cédant!* C'est leur devise principale, après laquelle vient naturellement celle-ci : *Ne céder qu'aux billets de banque!*..... Point d'argent..... point de Suisse! Et, — comme le dit spirituellement Aug. Vitu, — toutes les boules-rouges sont *suissesses*...

Voilà l'existence que mène aujourd'hui Mignonnette...—En passant les ponts elle a profité de l'occasion pour jeter ce qui lui restait encore de pudeur dans la rivière.... En quittant la place Cambrai, — le classique quartier latin, — elle a quitté son nom si coquet, si gentillet, si gracieux de Mignonnette... En abdiquant son titre de grisette, elle a abjuré tous ses bons sentiments de bonne fille.... Aujourd'hui Frétillon s'appelle Mme de Saint-Jules, — de Saint-Ernest, — de Saint-Paul, — suivant la circonstance et l'amant qui l'*entretient*.

Elle a un magnifique appartement rue Saint-Georges. Dans son boudoir — décoré de tous les raffinements du luxe et de la mode, — se réunit l'élite de la gentilhommerie, — la fleur de notre jeunesse plus ou moins dorée.... Le bal Mabille est honoré de sa présence ; le Château-Bouge reçoit sa visite... Elle ne dédaigne pas *la Chaumière*, où son *brougham* — à 40 sous l'heure — la descend décemment... Elle a sa cour... Elle, — la favorite d'un public viveur, — a des favoris... Cette femme est comme le paradis, — avec cette différence notable qu'il y a chez elle autant d'élus que d'appelés, et que les appelés peuvent être impunément pauvres d'esprit, — mais seulement d'esprit... Soyez *bête* tant que vous voudrez! Mais *raffalé*, pouah! — Les boules-rouges dont le goût est fin, l'odorat délicat, — ne peuvent décemment admettre dans leurs *gynecées* de ces misérables, — honnêtes il est vrai — qui sentent le quatrième étage, — les trous aux bas et les vieux sous !.... Elles s'encanailleraient !

Dans ce monde étrange, fantasque, si peu pudibond, — si fort décolleté, — où il se consomme quotidiennement tant d'esprit et de cigares, — de babas et de punch, — de folies et d'huîtres ; — dans ce monde à

part, — monde hétéroclite avec ses *mœurs*, ses usages, ses lois, son langage si différents des nôtres ;

sorte d'anamorphose, — de tableau — où sont entassés pêle-mêle les couleurs les plus disparates, les lignes les plus confuses, les objets les plus incohérents ; — véritable pandémonium où se heurtent les choses les plus incompatibles, — les plus antipathiques ; — dans ce monde-là, Mignonnette s'est fait la réputation de Ninon de Lenclos. Elle a des prôneurs et des admirateurs... Les journalistes ne font pas fi de ses agace-

ries... Cette Circé en a métamorphosé plus d'un en... Chut ! Son étoile brille d'une manière toute pharamineuse et chocnosophe au firmament des bals publics... Elle éclipse, — par ses rayons insolemment éblouissants, — les étoiles connues de ***Friselle***, — de Céleste Mogador, — de Rose Pompon, — d'Arsène Chaumont, — de Marie Delille, — de Dodo-la-Blonde, — de Pauline-la-Folle, — d'Angélina-la-Rousse, — de Jenny-la-Grasse, — de Zoé-la-Maigre, — de Cardoville, — de Mousqueton, — de Rigolette, — de Fleur-de-Marie, — de Carabine, — de *Virgo* (quelle antithèse !) — et autres beautés *ejusdem pudoris !...*

Mignonnette a voulu débuter sur la scène... — à l'instar de Lola Montès, — de Mogador, — de Clara Fontaine et autres,— et malgré les énergiques bravos de ses fidèles entassés dans la salle,—elle a été *chutée* d'une atroce manière... Mais les boules-rouges sont philosophes..... — elles sont d'ailleurs habituées aux *chutes....*

Mignonnette a pour *monsieur* un *mossieu* décoré, qui frise la soixantaine, mais dont les cheveux ne frisent plus — et qui veut être aimé pour lui-même... Il paie pour cela...

Ensuite elle accepte des soupers — à la maison dorée, — d'un ci-devant jeune homme qui est huitième d'agent de change...

Ensuite, — elle reçoit des cachemires, — des colifichets, — des chiffons, — des bagatelles, — la valeur de cent louis par mois — d'un jeune garçon qui l'a aimée jadis avec fureur et qui l'aime aujourd'hui avec rage... Ce jeune niais se nomme Onésyme, vous savez ? le voisin pâle et blond d'en face... Il a suivi pas à pas Mignonnette — son idole — dans la voie dangereuse où elle s'est engagée... Il a gémi de ses caprices, — pleuré sur ses *faiblesses*, — sanglotté sur ses *erreurs*, — beuglé sur ses *défaites !*... Il l'aimait alors, — il l'aime encore, malgré sa faute, ou plutôt — bizarrerie du cœur humain ! — ou plutôt à cause de sa faute... Il y a des fleurs cueillies que l'on préfère aux fleurs qui sont encore sur leur tige !... Certains hommes ressemblent un peu aux Chinois qui n'épousent une fille que lorsqu'elle a cessé d'être vierge, — par le fait d'un étranger ! Selon eux, cela prouve que la compagne qu'ils se choisissent est belle et digne, puisque... O Chinois ! on vous a mis en bocal et l'on a bien fait ! Peuple lettré, — peuple de mandarins, — vous n'êtes guère pudibond !

Puis, comme il était héritier d'une belle fortune ; il avait repris courage.

Du moment qu'on hésite on est sûr d'être aimé !

comme dit Regnard.

Onésyme s'était sans doute souvenu de la fable de Jupiter et de Danaë, — et il avait semé une pluie d'or pour se rendre Mignonnette accessible et humaine...

Comme il est assez difficile d'aimer la femme qu'on ne peut estimer, — Onésyme avait choisi le parti d'estimer Mignonnette, — malgré la calomnie qui lui attribuait de nombreux faux pas sur le chemin raboteux de l'honneur ! La calomnie ressemble furieusement aux loups qui, — à la première chute, – vous dévorent !

Il avait donc pris à deux mains son courage — et une liasse de billets de banque, — et il s'était hasardé

jusqu'à demander un peu d'amour à celle qui en avait tant à revendre !

Mais ses irrésolutions, ses hésitations lui avaient pris un certain nombre de jours, et des protecteurs plus habiles et plus ardents l'avaient prévenu. Il allait succéder à Théobald, à peu près comme Philippe-Auguste succéda à Pharamond !!...

C'est ainsi qu'il est devenu l'*amant* de Mignonnette, qui, — avec l'argent du financier, du commerçant retiré et du fils de famille, — festoie avec un jeune brun moustachu, barbu et médiocre acteur du Gymnase !...

Et n'allez pas croire, au moins, que ce cabotin, — quoique *amant de cœur*, — se pique d'être aimé!... Non... Mignonnette a renoncé à l'amour et à ses pompes... à jet continu... Elle n'aime pas plus que ma botte — et encore cette dernière aime-t-elle un pavé sec et balayé... Mais comme elle vit au milieu d'un monde corrompu et doré, — comme elle est lorette enfin, elle suit les us et coutumes de ce *métier*, — et l'on sait que ces demoiselles ont toutes un protecteur, — le *payeur*, le *monsieur*, — et un amant de cœur qui partage leurs joies et leurs bénéfices... L'un est l'accessoire obligé de l'autre... l'un ne va pas sans l'autre, pas plus que les vers classiques et les bœufs !

Avec qui, en effet, — car il est rare de voir une lorette avare, — avec qui dépenseraient-elles les sommes folles que des oisifs leur jettent? avec qui, si ce n'est avec leurs Arthurs?...

A ce train là, Onésyme s'est ruiné; — Mignonnette lui a poliment donné son congé, en disant : *A un autre!*

Alors le pauvre garçon s'est fait sauter le peu de cervelle qui lui restait ; et lorsque Mignonnette a appris cette fin — si triste et si prématurée, — elle s'est écriée, avec le plus grand flegme : — Bah !

Cette oraison funèbre a son éloquence ; elle parle plus haut que tous les commentaires !

Qui dit lorette ou *boule-rouge* dit femme sans en trailles et sans âme !...

Mais,

Triste retour hélas ! des choses de ce monde !

Au bout de quelques mois de cette existence si bien remplie... Mignonnette sortait furtivement de chez elle ; elle remontait, — pâle, fatiguée, hors d'haleine,

— cette rue Saint-Jacques où elle avait passé tant et

de si beaux jours, — où elle avait fait tant et de si doux songes, — et elle entrait à la Bourbe...

La Bourbe! quel mot! quel nom! quelle enseigne! quelle étiquette! Quand on sort de la Bourbe — ou de la rue de l'Oursine, — où va-t-on, grands dieux! où va-t-on! ou plutôt où ne va-t-on pas!

Pauvres femmes! pauvres filles!

Le sort de Mignonnette est celui de la Frétillon du quartier latin. Ce portrait, je le répète, n'est pas un portrait de fantaisie. Ce caractère, — esquissé un peu grossièrement peut-être, — n'est pas un caractère exceptionnel! Cette existence d'une femme n'est pas une existence à part! C'est l'existence de toutes les grisettes!

Il y a çà et là quelques exceptions heureuses. Ce sont les femmes qui n'ont pas encore tout jeté par dessus les ponts... Elles brillent d'un éclat un peu plus pur que les autres, — au milieu de l'atmosphère corrompue qui les entoure... de même qu'on voit quelquefois — dans le marais le plus infect — des portions de gaz fixe que le soleil dore des plus brillantes couleurs du prisme!...

Mais ces exceptions sont rares!... La grisette n'a voulu rien garder de ses jours de bonheur, — rien! pas même son nom si pur et si gentil! rien! pas même sa désinvolture si entraînante, — son *brio* si coquet! pas même le souvenir de ces dîners où un morceau de pain lui suffisait; — pas même le souvenir alléchant de ces crêpes que l'on faisait sauter au plafond noirci de la mansarde, — au milieu d'éclats de rire bien francs et de baisers rebondissants !

Pas même le souvenir, plein de charme et d'enivrement pourtant, de ces promenades sentimentales et pédestres où l'on s'égarait sous les voûtes odorantes formées par les arbres !

A l'ombre des bois, sur la mousse,
Rêvant mieux que sur l'édredon,
Nous entendions, de leur voix douce,
Les cloches nous dire : Allons donc !
Aimez-vous donc !
Aimez-vous donc !
Aimez-vous donc !

Pas même le souvenir de ces belles soirées amoureuses et étoilées d'où l'on revenait trois — après être partis deux !... d'où l'on revenait fatigués... mais joyeux, — après avoir cueilli paquerettes, boutons d'or et caresses !...

La grisette a tout renié, tout perdu, tout repoussé, tout oublié !

Elle a renié ses dieux domestiques, — ses pénates, ses amours ! Sa mansarde, son lit de sangle, — sa table boîteuse — et cet éclat de miroir dans lequel elle se regardait tant et si longuement autrefois, — la coquette !

Elle a perdu son cachet d'originalité et le laisser-aller qui la distinguait et la faisait chérir.

Elle a dédaigneusement repoussé les vieilles amitiés, les fidèles affections qui l'avaient accompagnée sur la route, qui lui avaient tendu la main, — qui l'avaient secourue, aidée, consolée, encouragée !...

Elle a oublié jusqu'à son langage pittoresque et imagé, — qu'on n'entendra plus, hélas ! — jusqu'à ses coquettes et charmantes habitudes d'autrefois...

Autrefois la grisette fumait la cigarette parfumée — à bout de carton ou de bois !...

Distraction permise, ou plutôt tolérée, — mais tolérée sans peine, — parce qu'elle vous rendait rêveuses et poétiques, mes chers petits anges ! C'était plaisir de voir sortir de vos lèvres roses — cette fumée bleue, — image du bonheur fugitif — et de vos serments ! C'était une volupté ravissante et orientale, que de vous la ravir et de la respirer avec votre haleine, — dans un baiser longtemps savouré !

On vous passait même — de temps en temps — la fantaisie d'un cigarre de cinq sous, — qui n'en coûtait que quatre alors! — Mais c'était dans les occa-

sions solennelles, — dans les médianoches, dans les soupers fins, dans les orgies régence, où vous vous décolletiez légèrement, — bonnes et charmantes filles, — sans que la morale y perdît beaucoup! sans que la pudeur en fût trop blessée!

Mais aujourd'hui, grands dieux ! la cigarrette et le cigarre sont dédaignés ! Le maryland et le havane ont été détrônés ! Et par qui ? Le croira-t-on chez les races futures ? par l'infâme caporal ! par l'infâme pipe ! Pouah ! C'est de vous — et non de Julie — qu'on peut dire que vos baisers sont âcres ?

Ah ! Mesdemoiselles ! Mesdemoiselles ! que vous avait donc fait le maryland ? Qu'aviez-vous à reprocher à la cigarrette ? Elle dorait le bout de vos doigts blancs : la pipe noircit affreusement les dents ! C'est un attribut masculin, Mesdames !

Il est vrai que, puisque vous avez renié toutes les

qualités et tous les adorables défauts de votre sexe, — puisque vous montez à cheval comme Baucher, — puisque vous tirez les armes comme Grisier ou le marquis de la Pailleterie, — puisque vous sablez le champagne, — puisque vous flûtez le madère comme un mousquetaire gris, — puisque vous jurez comme les palefreniers, — vous pouvez, — sans déroger, je vous le jure, — fumer dans un brûle-gueule comme un vieux de la vieille ! Après tant de métamorphoses, vous deviez en arriver à celle-là, — qui n'est pas la moins étrange et la moins déplorable ! Vous avez su faire un travers malsain et nauséabond de ce qui n'était qu'un défaut pardonnable ! un vice de ce qui n'était qu'une éphémère fantaisie ! Gloire à vous, hermaphrodites ! vous avez dignement couronné l'œuvre !

Style de la grisette d'autrefois.

« Mon nami, ge né fet qe pancé atoie toutte l'ha
« nui... Gé sue qe tu havet pacé la nui ô viol on,
« pourr avoire canqan é trau avaiq l'a petitt Ninie...
« Tue la mainé ô Prado é tue ma leçé toutte seul...
« Jean nai bôcou pleurai... Eureuzemant qe mosieux
« Areture ma tennu conpagni é ma fet rire... Vou zète
« un gran vilin ! Ge tatan se mâtin, poure alhé à la
« canpagne, pourre alé écoutté le chan dè petis oizo é
« mangé de la gale ette...

« Ah dieux, selle que tue naim plus,

« tatro constantamantte

« FRAZI.

« Posse crithomme. — N'oubli pas de maporté une

« père de mère lent poure mon dé jeunez et une om-
« bre elle poure allé me promené avèq toy... »

Chacun de nous a dans son tiroir des autographes aussi farcis de liaisons dangereuses. Qu'on les conserve bien précieusement, — car ils deviennent rares comme les beaux jours et les femmes vertueuses...

La grisette prodiguait son style et ses fautes d'orthographe.

Mais la boule-rouge, — mais la femme sans nom qui l'a remplacée, cette pauvre grisette, — mais la lorette, qui connaît le prix de deux lignes, ne les prodigue pas aussi follement. Elle a ses raisons pour cela. Et lorsqu'elle prend la plume, ce n'est pas, croyez-le bien, pour verser sur le papier le trop plein de son cœur... Oh! non. Si elle écrit, c'est pour des affaires de commerce et non des affaires de cœur... La lorette calcule comme Barême et elle prend des leçons de calligraphie... Elle ne compromet son anglaise que pour des billets à ordre, et non pour des billets doux... La grisette donnait! La lorette reçoit!

Nous avons offert un échantillon du style de la première; — voici le style de la seconde :

» J'ai reçu de M. le baron Alcofribas la somme de
« cinq mille francs, montant du bonheur que je lui ai
« donné...

Signé : Demoiselle de BEAUPERTUIS. »

Montant du bonheur que je lui ai donné!... Bienheureux l'homme à qui elle ne donne que cela...

Le style, c'est la femme!

QUATRIÈME PARTIE.

GRANDEUR DE LA DÉCADENCE.

Cependant, — grâce à *un je ne sais quoi,* — qui tient sans doute de l'étrangeté de leur vie, de la bizarrerie de leurs allures, — de la nouveauté de leur code de morale, de l'originalité de leurs passions, de l'excentricité de leurs habitudes, — ces femmes parviennent en quelque sorte à se faire pardonner, et, le dirai-je? — à se faire aimer. On les recherche, on les choie, — on les affiche!... Or, on ne recherche, on ne choie, on n'affiche que ce qui en vaut la peine... Les femmes du monde, — celles qu'on est convenu d'appeler *femmes honnêtes*, — bien qu'elles trompent leurs maris et leurs amants, — les grandes dames médisent des *boules-rouges* dont, — en secret, — elles envient l'existence dorée, le train fastueux, les plaisirs faciles ; — dont elles copient les toilettes ; — dont

elles imitent le *chic !*... — Leurs époux, moins dédaigneux et plus francs qu'elles, — ne craignent pas de se compromettre en recevant dans leurs salons ces *boules-rouges*, et en acceptant les invitations que celles-ci, à leur tour, leur font, — en croyant leur faire beaucoup d'honneur... mais comment donc !...

Oui, encore une fois, — ces folles pécheresses, — ces Madeleines échevelées se font pardonner et se font aimer ! Mais pour qu'elles en soient arrivées là, Dieu seul — et le parfumeur — savent ce qu'il a fallu dépenser de verve et de cosmétiques, — de grâces et de rouge végétal, — d'esprit et de fausses nattes, — de séductions et de rateliers osanores !...

Tout, — chez ces femmes, — est brillant, coquet, luxueux, élégant... mais à la surface seulement ! — n'en demandez pas davantage ! — Elles ont des dehors charmants, — une apparence enchanteresse... mais...

Enfin cela suffit.

Si ces *boules-rouges* n'étaient pas des filles perdues on les adorerait ! on se prosternerait à leurs pieds ! on leur élèverait des statues comme à *Jehanne-la-Pucelle !* on leur bâtirait des temples !... Que dis-je? c'est déjà fait, par la sambleu ! l'église *Notre-Dame-des-Lorettes* — n'est-elle pas le rendez-vous de ces sirènes en robes de soie rose, de soie bleue et de soie blanche, — qui y ont leur chaise retenue et marquée, — leur tapis particulier ? — N'a-t-on pas lithographié et répandu à foison le portrait de *Frisette?* celui de *Mogador* et les autres ? — Ces portraits — peu ressemblants, je le déclare, — se trouvent dans tous les salons, et les mères de famille n'en peuvent défendre la vue à leurs filles ! . . . . . , . . .

Nous retournons au paganisme, c'est sûr. Et bientôt il nous faudra, — comme feu Clovis, — brûler ce que nous avons adoré, — et adorer ce que nous avons brûlé !...

Il y a certains boudoirs du faubourg Montmartre, habités par des *boules rouges* et hantés par ce que

Paris compte d'illustrations de tous genres, — dans les lettres, — les arts, — l'industrie ; — il y a, dis-je, — certains boudoirs où l'on dépense — en folles orgies — plus d'esprit, — plus de talent qu'il n'en faudrait pour défrayer plusieurs volumes de chroniques!... Mesdemoiselles Duthé, — Sophie Arnoud, — Ninon de Lenclos, ne désavoueraient pas leurs descendantes et — peut-être même — s'avoueraient vaincues par elles !

Entrez dans ces boudoirs et contemplez-en l'ameublement, la décoration !... Ici — une pochade de Gavarni, — là une charge de Daumier. Plus loin un paysage de Théodore Rousseau et une ébauche d'Eugène Delacroix! Sur la cheminée, — à chambranles de stuc, — voici des bronzes de Barye, — des statuettes de Pradier !...

Ces femmes-là sont décidément artistes !...

Vous voyez bien que cette *décadence* a aussi quelque grandeur ! Que si les vices font saillie, — ils sont recouverts d'or ! Leur *hideur* est dissimulée, si bien dissimulée, qu'il faut être... puritain pour l'apercevoir !

On peut trouver beaucoup à redire, beaucoup à reprendre dans cette splendeur d'apparat, dans cette grandeur factice, c'est vrai ! Mais jusqu'à ce que le vernis, — le plaqué qui voile ces charmants mensonges, — ces paradoxes vivants, — ait disparu, — se soit usé ! — Jusqu'à ce que le masque étincelant qui recouvre ces visages fardés soit tombé ! — jusque-là l'engouement se continuera, — la vogue de ces phalènes se perpétuera, et leurs émules continueront leur commerce — et leurs priapées, — sous les yeux fermés de la police, — sous la main de M. le procureur du roi, — à la barbe de toutes les autorités constituées civiles ou militaires!...

Cela ne durera pas longtemps, j'en conviens. Mais enfin cela a duré ; cela durera ! C'est triste à avouer, honteux à écrire, — j'en conviens encore. Et sans être trop pudibond, on peut quelque peu se plaindre, gémir — et faire gémir la presse — de cet état de choses!...

Que les gens moraux que cette immoralité révolte, — que cette dépravation fait horripiler, — que cette corruption scandalise, — que ces gens, dis-je, — se rassurent! Tout n'a qu'un temps dans ce monde, et M. de Malherbe l'a dit avant moi : Les plus belles choses ont le pire destin!.... Elles disparaîtront, ces femmes qui sont les *scories*, — les excroissances inutiles et parasites de notre civilisation. Le revers de cette médaille brillante ne se fera pas attendre ; — on le pressent déjà. Pour peu même qu'on veuille me le permettre, je vais trancher du *Balsamo*, et prophétiser — à coup sûr — la fin inévitable de tout cela.

D'autant plus qu'il est urgent de clore enfin cette digression et ces réflexions, qui nous mèneraient Dieu et l'imprimeur savent où!...

C'est le dernier chapitre de ce roman diamanté, — le dernier acte de ce drame-vaudeville, — dont le dénouement est presque toujours le même, comme dans tous les vaudevilles passés, présents et futurs. Le vertu recevra sa récompense, — nous n'en parlerons pas; — le vice recevra son châtiment, — nous n'en parlerons plus!

J'ai dit, — j'ai essayé de montrer ce que la grisette avait été, — ce qu'elle est; — je vais essayer de dire ce qu'elle sera.

Ce qu'on salue à présent de ce nom de *grisette* qui éveille tant et de si doux souvenirs au cœur de l'homme qui a été jeune, et qui, — conséquemment, — a aimé, — c'est, avouons-le,

> . . . une superbe et vile créature
> Ayant perdu sa forme et gardé sa nature!

C'est, comme le dit énergiquement Alfred de Musset :

. . . . la machine inventée
Pour désopiler l'homme et pour boire son sang !
La meule de pressoir de l'abrutissement !
Quelle atmosphère étrange on respire autour d'elle !
Elle épuise, elle tue, — et n'en est que plus belle!
Deux anges destructeurs marchent à son côté :
Doux et cruels tous deux : la mort ; la volupté !
. . . .

Ces femmes sont des bijoux dont l'or a beaucoup souffert — pour avoir passé dans une multitude de mains !

Otez-leur leur beauté, — leur seule séduction, — leur seul mérite, — vous n'avez plus rien qui représente la femme !

Elles ont jeté leurs bonnets et leurs qualités pardessus les moulins.

Elles sont chastes — à la façon de madame Putiphar, — laquelle — à mon sens — devait être fort laide, car il est difficile de résister à une femme séduisante comme le fit le trop pudique Joseph qui — peut-être — avait.... une voix de *soprano*....

Elles sont pudiques à la façon de Betzabé, qui, — pour dérober la vue de ses charmes, — se met nue ou à peu près sur son balcon.

Elles se soucient du *qu'en dira-t-on* comme un poisson se soucie d'une pomme !

O boules-rouges ! boules-rouges !
Votre cœur délabré, dans ses recoins livides

N'a plus qu'un triste amas d'anciennes coupes vides,
Vases brisés, qui n'ont rien gardé que l'ennui
Et dont l'amour, la joie et la candeur ont fui !

Vous êtes coquettes, — boules-rouges, — et vous avez grand tort.... Vous ressemblez à ces vins pétillants auxquels l'on goûte par hasard, — mais dont on ne fait pas son ordinaire.... Il n'y a que des écervelés et des sots qui voulussent boire à tous les repas une ou deux bouteilles d'Aï.... Leur goût s'émousserait !

Votre règne aura été court, mais beau, — ô boules-rouges !

Ce que c'est que d'avoir préféré au — *loto* de votre enfance — le ruineux *lansquenet !...*

Voilà ce qu'est aujourd'hui Mignonnette,—c'est-à-dire la grisette du quartier latin !

Comment en un plomb vil l'or pur s'est-il changé ?

Cette question, — je me la suis faite plusieurs fois sans réussir à rencontrer sa solution.

J'ai essayé de découvrir les causes, les raisons de cette métamorphose... J'en ai indiqué quelques-unes; — mais par respect pour moi et pour les autres, je me suis abstenu d'en dire davantage! Le papillon aux ailes diaprées est redevenu chrysalide, — larve — informe et hideuse, — c'est tout ce que je sais !

La grisette est morte — je me fais son fossoyeur — après les autres — c'est tout ce qu'il m'est permis d'avouer. Je ne suis pas moraliste,—je ne m'appelle pas Parent-Duchâtelet, — je ne veux pas faire la statistique des égoûts et des immondices de Paris, — je ne me sens pas cet affreux courage. Et d'ailleurs, — à révéler les turpitudes de ces dames, j'aurais peur de subir le sort de Cham, qui, — pour avoir révélé d'autres turpitudes, — devint noir comme du charbon...

CINQUIÈME PARTIE.

Où tout en disant que je ne dirai rien je dis quelque chose — qui a été déja dit ; — où je me mêle de prophétiser, — ne me souvenant pas que nul n'est prophète en son pays — et où j'annonce ce que la grisette sera.

Hélas ! hélas ! hélas ! jeunes filles qui volez vers le plaisir dont les tourbillons vous étourdissent, — songez quelquefois à l'avenir, — à demain qui est si proche d'aujourd'hui ! Il est bon de profiter du printemps de la vie, — de moissonner les jouissances et les roses de la jeunesse ; mais, par malheur,

La beauté passe,
Le temps l'efface,
L'âge de glace
Vient à sa place.

et les amants et les protecteurs font comme la beauté ! Ils ont le droit d'être impunément vieux et laids, — ils exigent en vous grâce, fraîcheur et jeunesse, — tout ce qui leur manque enfin!

Alors, — quand vous n'avez plus les ressources de votre beauté et de votre jeunesse, — quand vous ne *marquez* plus, — quand un joyeux compère dit, en vous désignant :

Les sillons de sa face
— Qui n'a plus rien de beau —
Semblent une carcasse
Hostesse d'un tombeau!

alors, mesdemoiselles, il vous faut prendre une résolution extrême et un mari bénin... Après les chaînes de fleurs, les chaînes de fer... Après les voluptés du boudoir — les embêtements du comptoir! Après la poésie du vice, — l'éteignoir intellectuel de la vertu, — pardevant mossieu le maire ou l'adjoint qu'il s'adjoint!... Après les fruits anodins de certaines liaisons — les mioches légitimes mais braillards!... Après l'amour, le pot au feu!...

Voilà ce qui échoit à quelques-unes d'entre vous, et ce sont les plus fortunées, — les privilégiées !

Quelques autres encore, à l'instar de Lola Montès de Lansfeld, — cette écuyère fougueuse qui, — avant de sauter pardessus les haies, — a dû sauter pardessus bien des choses, — quelques autres ont assez de chance pour ramasser sur leur route une couronne de comtesse et un cœur de barbon aussi bavarois que royal...

Mais le plus grand nombre, — et c'est triste à avouer ! le plus grand nombre, — ne pouvant plus trafiquer de ses charmes, — trafique honteusement des charmes d'autrui... Les proxenètes ne peuvent pas avoir été honnêtes femmes ; elles ont, — de toute nécessité, — exercé quelque part certain métier *toléré* par messieurs les potentats de la rue de Jérusalem ! vous deviendrez proxenètes, — jeunes filles qui, dans votre candeur, croyez à l'*éternité des fleurs et de votre jeunesse* ! Il n'a été permis qu'à une courtisane — et celle-là sut, — du moins, — se faire pardonner les erreurs de son cœur... et de son tempérament — il n'a été permis qu'à une courtisane d'être belle et jeune à un âge où, — depuis longtemps, — toutes les femmes, et, surtout, toutes les courtisanes sont flétries et vieilles ! Et encore — ne doit-on pas croire tout à fait à cette chronique apocryphe ! — Voltaire, qui avait vu Ninon de Lenclos, — ne fait pas d'elle un portrait séduisant, — il dit : *qu'elle n'était qu'une décrépite ridée, n'ayant sur les os qu'une peau jaune, tirant sur le noir* ! Et on peut ajouter foi à cette assertion avancée par l'auteur de la *Pucelle*, — qui, comme chacun sait, avait hérité de la bibliothèque de la *décrépite* !

A moins encore que vous ne vous abusiez sur le pouvoir de vos charmes — sans charmes, et que vous espériez faire encore des conquêtes et des dupes, — comme en fit Sara, femme d'Abraham, laquelle, — à soixante-cinq ans, — inspira une passion profonde à un pharaon d'Egypte, et à vingt-cinq ans de là, c'est-à-dire à quatre-vingt-dix ans, en inspira une autre plus profonde encore à Abimélec, roi de Gérar, qui l'enleva même — à cause de sa grande beauté — et malgré sa *position intéressante*, car Sara était alors grosse d'Isaac !...

. . . .

Donc, — lorsque vos yeux — qui maintenant encore lancent des flammes amoureuses, — s'érailleront ; — lorsque votre peau satinée, — dont le contact est enivrant et voluptueux, — se ridera, se jaunira, deviendra flasque et molle ; — lorsque votre nez contractera avec votre menton le mariage projeté depuis longtemps ; — lorsque vos cheveux blanchiront et tomberont ; — lorsque enfin, — comme Ninon de Lenclos — vous serez une *décrépite ridée*, — vous ferez la traite des blanches — et les voyous vous donneront un nom qui ne se trouve dans aucun dictionnaire honnête !

CE QUE LA GRISETTE SERA ?

Oh! par pitié, —jeunes filles dont les lèvres, purpurines encore, n'ont pas blêmi sous le souffle impur du vice et de la débauche, — par pitié, vierges folles dont le regard ne se noie pas encore dans une volupté obscène et repoussante, — par pitié pour vous et pour nous — arrêtez-vous sur cette pente fatale, qui va vous conduire à l'égoût, dans la sentine de l'impudicité et de l'opprobre! Arrêtez-vous! Remontez cette voie aride — et des mots et cris de pardon salueront votre retour dans le sentier du devoir! On n'insulte jamais une femme qui tombe! Madeleine elle-même a été pardonnée parce qu'elle avait beaucoup aimé! La femme

Comme une fleur dans l'eau reverdit dans l'amour!

Redevenez femmes! Cessez d'être des machines de chair, — des esclaves de plaisir, — des accessoires d'orgie!

Si vous vouliez pourtant, ô vierges folles qui, dans vos heures — trop rares — de méditation et de retour sur vous-même, — faire une halte dans la boue, — loin du regard de votre entreteneur, de votre *souteneur* — ce mot est gros de hontes et d'infamies, et il coûte à écrire! — Si vous vouliez rétrograder un peu, bien peu! si vous vouliez jeter vos regards et vos pensées vers le Ciel que — vous vous êtes fermé, et qu'un seul mot, qu'un seul bon mouvement vous rouvrirait, — si vous vouliez cela — et vous pouvez le vouloir, car

Dieu fit du repentir la vertu des mortelles! même de celles qui n'en ont plus... de vertu...

nous serions les premiers, — nous qui vous blâmons, — à vous tendre la main et à tenter votre réhabilitation, — ô anges trop déchus! La tâche serait fatigante, — car les taches dont est souillée votre robe d'innocence sont nombreuses, et peut-être

Que tous les sels d'oseille ici n'y feraient rien.

Mais nous sommes de ceux qui savent attendre. Nous avons la qualité précieuse des sages et des ânes ; la patience! Nous attendrons! Nous sommes de ceux qui ne condamnent qu'à regret et ne jettent de pierres que le moins possible — parce qu'on risque de casser les carreaux des boutiquiers...

Ce que la Grisette sera?

Oh! taisez-vous, prophètes de malheur, qui me criez à l'oreille ces paroles sinistres : « Tu vois cette femme à la démarche fière et imposante, au corsage si riche, aux cheveux si noirs, au visage si séduisant, au sourire si enivrant, — cette femme devant laquelle on se prosternerait volontiers, — les genoux tremblants, — pour mendier une parole tendre, un mot passionné, un sourire d'amour, — cette femme qui marche devant toi et qui se retourne pour voir si on la remarque, si on la suit — cette femme dont tu paierais peut-être une caresse — un prix fou, — cette femme qui — mêlée avec la foule — ressemblerait à une femme honnête, — eh ! bien, c'est une padoana, une courtisane, une prostituée, — une fille de joie !...

« Entre sur ses pas, — si tu l'oses ! — Franchis le seuil de ce lupanar, — de cet antre dont l'air est chargé de miasmes pestilentiels qui causent du dégoût et presque de l'horreur, — et examine avec attention le visage et les manières luxurieuses de cette esclave impudique qui déjà dénoue, — pour toi, — la robe qui sert de rempart à ses charmes, beaux encore, mais profanés ; — qui déroule, — pour t'éblouir, — les trésors de sa chevelure d'ébène, et découvre, — pour te fasciner — un corps qui ne le céderait en rien à celui de la Vénus Callypige...

« Allons! jeune homme, s'il te reste encore des illusions, des croyances, — va-t-en, — fuis vite ce repaire dont l'air est empoisonné, — cette femme dont chaque soubresaut amoureux est tarifé! Fuis, — car c'est Mignonnette! »

Oui, Mignonnette, descendue là, — Mignonnette dans la boue avec de viles créatures — ses compagnes!

Oui, Mignonnette, — cet ange de beauté et de candeur — qui eût pu devenir une mère de famille, et mourir respectée et vénérée de tous, — Mignonnette traîne chaque soir dans la fange et dans l'ignominie les lambeaux de sa robe et de son âme, — si le Ciel lui en a laissé une!

Mignonnette, — c'est-à-dire — la grisette du quartier latin, — qu'un grain d'ambition a tourmentée, et qui a voulu s'appeler lorette!

Elle n'a plus de nom, maintenant, — elle a un numéro!

Elle n'a plus rien de la femme, — que le corps qu'elle offre, — moyennant salaire, — à tout passant qui veut se donner le plaisir de cracher dessus!

Oh! honte!

Interrogez ces misérables filles; toutes, — toutes sans exception, — vous diront :

C'est l'amour qui nous a perdues!

L'amour! Ah! taisez-vous, courtisanes! Taisez-vous, ribaudes!... Ne profanez pas ainsi ce qu'il y a de plus saint, de plus consolant, de plus digne sur cette terre où nous venons souffrir !

L'amour est bien souvent un parfum délétère
Emané d'une fleur !...

Et plus souvent encore :

L'amour est un ruisseau qui roule une eau limpide
Sur un sable boueux !...

C'est un astre radieux, — qui guide l'âme dans des voies inconnues, dans des sentiers pleins de mystère et de parfum — où l'on goûte des félicités suprêmes, des joies divines ! Et ce n'est pas le feu follet menteur qui conduit l'imprudent qui s'y abandonne dans les ornières du vice, — dans les routes battues de la débauche !...

Rentrez donc dans votre antre, — vierges folles, à qui la lumière du jour est interdite ! Phalènes en robes de satin, — rentrez dans votre néant ! Diogènes femelles qui cherchez des hommes, — allez préparer votre lanterne pour l'orgie de ce soir !

. . . .

Je finis ! mon cœur souffre trop pour que je pousse plus loin mes investigations et mon scalpel d'observateur...

Je finis : le froid de la douleur — et du thermomètre — me gagne ! je songe à ces parias de notre civilisation auxquels je viens de jeter mon anathème ; — je songe à ces êtres engloutis dans les limbes de la police, et qui ne verront peut-être pas de longtemps luire pour eux le jour de la rédemption ! Je songe à ce troupeau innombrable de filles folles, — qui fait tache au milieu de ce Paris si brillant et si luxueux ! Et des paroles amères sont près de m'échapper, — non pas contre ces misérables créatures que le pied du citadin repousse avec dégoût, et que la canne de l'agent de police châtie souvent avec mépris, — mais contre les hommes, qui les ont faites, — ou à peu près — ce qu'elles sont !

Car si la femme perdit Troie — c'est l'homme qui perdit la femme ! sans l'homme la femme resterait toujours pure, toujours sainte, toujours calme et toujours inodore ! Elle pourrait alimenter le feu de Vesta... Cette occupation est peut-être fastidieuse, à la longue, — mais elle a aussi son charme au mois de décembre, lorsque le thermomètre descend, descent, descend que cela en est indécent !...

Il est vrai qu'à ce compte-là la population diminuerait d'autant !... L'économiste Malthus serait enfoncé dans le sixième dessous !

Décidément mieux vaut que la femme, en fait de feu, — fasse le pot au feu conjugal... Madame Vesta y perd, — mais le monde y gagne !

Donc, — sans jeter le chat aux jambes des grisettes qui — à force de vouloir devenir femmes, — sont devenues des *filles*, — sans rejeter sur elles seules la faute de leurs fautes, — je dresserai mon réquisitoire contre les vrais coupables ; je lancerai mon anathème sur le sexe auquel appartiennent Don Juan, — Odry, Lauzun et Alcide Tousez... sur le *sexe laid* enfin !

Oh! vous, homme grave, qui étalez fièrement votre ruban rouge ; — vous, qui êtes aujourd'hui médecin, savant, académicien peut-être, — n'évitez pas avec tant d'ironie cette courtisane qui vous lance un regard et un sourire de convention, — c'est votre maîtresse d'autrefois — dont vous gardez, — dans un coin secret de votre cœur, — un tendre et poétique souvenir! C'est la bonne fille d'autrefois, qui ornait votre mansarde d'étudiant, — qui vous préparait si joyeusement vos maigres repas d'étudiant!

Oh! vous, qui êtes maintenant électeur, — éligible, député, officier de la garde nationale; — vous, — dont le maintien est si aristocratique et si hautain, — vous, — qui passez si fièrement au milieu de ce groupe de curieux, regardant stupidement des soldats qui emmènent une *fille publique*, — ne détournez pas la tête, — car dans cet être sans nom, qui reçoit la boue et les huées de la populace, vous reconnaîtrez l'ange de vos bons et mauvais jours, — celle à qui vous avez tressé plus d'une couronne poétique; — l'amie dévouée, dans les bras de laquelle vous avez fait les plus riants projets, les plus doux rêves! Celle que vous aviez associée a votre misère et à votre douleur! Celle qui avait veillé, — avec sollicitude et tendresse, — à votre chevet, — lorsque la souffrance vous clouait entre deux draps! Celle qui avait si souvent relevé votre courage abattu; — celle qui vous avait ouvert son âme; — celle qui avait eu foi en vos promesses, qui avait cru à votre loyauté! — Oui, c'est votre Lisette d'autrefois; — cette créature si délicate et si dévouée que vous entouriez de votre amour, — à qui vous faisiez un doux oreiller de caresses et de serments; — celle pour qui vous eussiez donné jusqu'à la dernière goutte de votre sang, — jusqu'au dernier écu de la fortune de votre père! C'est elle dont les bras se bleuissent sous la pression brutale des forcenés qui l'entourent et l'injurient! c'est — elle que l'on traîne dans la fange du ruisseau comme une bête immonde. — Chevalier Desgrieux, — c'est votre Manon Lescaut que l'on conduit en prison!...

Eh! bien... ce qu'elle est aujourd'hui, — misérable, souillée, perdue, infâme, vile! — c'est vous qui l'avez faite!

Et vous lui refusez l'aumône de votre pitié!

Oui... c'est vous qui l'avez prise par la main — qui l'avez ravie à sa famille, peut-être, — qui l'avez séduite enfin — car vous m'accorderez bien que toute femme est vertueuse d'abord? Il faut être ça, — avant d'être autre chose!... — C'est vous qui lui avez mis le pied sur le premier de ces échelons que l'on ne remonte jamais pure! c'est vous!

Et vous n'osez pas lui donner une larme de regret!

Si vous ne la regrettez pas, — ne la méprisez pas, au moins, puisque vous l'avez rendue méprisable!

Ne mêlez pas votre voix aux voix insolentes de cette populace qui clabaude et salit sans motif!

N'ajoutez pas une raillerie, — pas un sarcasme — aux railleries amères, aux sarcasmes impies qui pleuvent impitoyablement sur cette créature déchue, — qui ne sait plus rougir de honte et qui, — muette et froide, — promène avec indifférence sa tête — sa tête qui a reposé à côté de la vôtre — sur cette meute courroucée dans laquelle elle ne rencontre pas un regard ami, pas un sourire sympathique!

. . . .

Le cortége est passé : respirez à votre aise!

Et nous, tirons le rideau ; — la farce est jouée!...

EPILOGUE.

Mesdames, j'ai fini ! — je n'en suis pas fâché...
Me pardonnerez-vous d'avoir osé médire
Du charmant sexe auquel appartient Déjanire
Ainsi que Déjazet, Nathalie et Psyché ?

—

Si la femme a failli, la faute en est à nous
Qui l'avons faite ainsi qu'elle est : coupable et folle !
Nous appartenait-il de marquer son épaule
Quand nous devrions tous l'adorer à genoux ?

—

Le Christ a pardonné. Nous sommes plus sévères!
Et nous n'excusons pas d'excusables erreurs;
Et nous osons blâmer les femmes adultères
Dont nous avons flétri l'existence et les cœurs!

—

Je me confesserai, Mesdames, je le jure
A mon heure dernière, allez, de l'avoir fait;
D'avoir osé jeter ce blâme et cette injure,
D'avoir été cruel et brutal comme un fait!

—

La femme est ici-bas pour aimer... tous les hommes:
Elle donne son cœur comme on donne un bonjour.
On vit d'ambition dans le monde où nous sommes:
La femme vit de moins car elle vit d'amour!

—

La femme sans amour! c'est une anomalie!
C'est une chose étrange, impossible, inouïe...
Un pauvre sans besace, une lyre sans corde,
Une corde sans chanvre, un discours sans exorde,

—

Un âne sans croupière, un banquier sans argent,
De l'argent sans cuivre ou sans bâton un agent,
Un lit sans matelas, un matelas sans laine,
De la laine sans crin, — un coureur sans haleine,

—

Un beau jour sans soleil, un soleil sans rayons,
Un rapin sans moustache, un peintre sans crayons,
Un savant sans lunette, une ville sans cloche,
Une cloche sans timbre, une veste sans poche,

—

Une poche sans fond, un plat sans condiment,
Un écolier sans crotte ou bien sans rudiment.
Qu'un banquier soit honnête et probe ! ça peut être...
Les cas sont rares... mais j'ai l'honneur d'en connaî-
tre...

—

Qu'un acteur soit modeste et simple ! j'en sais peu
Qui ne trouvent parfait, admirable leur jeu !
Qu'un cocher soit poli quand on le prend à l'heure ;
Qu'un bigot soit humain, surtout dans sa demeure,

—

Qu'un créancier soit doux, quand il n'est pas payé,
Qu'un tailleur quelquefois soit le mieux habillé,
Qu'un ami soit fidèle au temps de la misère,
Cela se voit très-peu, cela ne se voit guère...

—

Je l'ai vu, cependant... en rêvant, hélas ! mais
Ce qu'en ce monde infime on ne verra jamais :
C'est une femme ayant un cœur, et qui le garde !
Trouvez-en l'ombre d'une... et je monte ma garde !

—

Pourtant, je ne suis pas l'ami des factions...
Mais je me crois né pour les grandes actions!...
La femme a donc raison d'imiter Madeleine.
Elle pèche beaucoup! Petits péchés mignons!

—

Petits péchés charmants! péchés cachés de reine!
Nous qu'ils rendent heureux, nous vous les pardonnons!
Grisette, si ma plume ici fut indiscrète,
Mon cœur n'y fut pour rien et je t'absous, grisette!

Sous presse, pour paraître prochainement :

Histoire épigrammatique des quarante fauteuils

Par Alfred DELVAU, 1 vol. in-18.

Paris. — Imprimerie d'A. René, rue de Seine, 32.

www.ingramcontent.com/pod-product-compliance
Ingram Content Group UK Ltd.
Pitfield, Milton Keynes, MK11 3LW, UK
UKHW020244220726
13923UKWH00002B/811